EL HAMPÓN

Joaquín Dicenta

AF399412

Copyright del texto © 2023 Culturea ediciones
Sitio web : http://culturea.fr
Impresión: BOD - Books on Demand
(Norderstedt, Alemania)
Correo electrónico : infos@culturea.fr
ISBN :9791041807994
Depósito legal : abril 2023
Queda prohibido reproducir parte alguna de
esta publicación,
en cualquier forma material, sin el premiso
por escrito
de los dos titulares del copyright.

CAPÍTULO I

En las oficinas, acodado contra la saliente de un ventanillo, sobre el cual pintaron con negro la palabra JORNALES, recoge los suyos un hombre de piernas recias y ancha espalda. Bajo la chaqueta, se dibujan poderosos los músculos del bíceps; los de la pantorrilla se apelotonan tras el remendado pantalón, poniéndole a punto de estallar, cuando las piernas hacen firme. La cabeza del minero, embutida en el semicírculo que traza el ventanillo apenas descubre ásperos remolinos de la barba azabache; un sombrero ancho, con repujadura de mugre, cae a ras de su nuca; por ella se desparraman mechones rebeldes que se retuercen hacia arriba, para componer tufos encima de la oreja.

Cuatro manos vienen y van por una tabla que, interiormente, angula el ventanillo. Dos de estas manos, las que se mueven más adentro, pálidas, blanduchas, apilan en la tabla monedas; las otras dos manos, deshechuradas y callosas, cuentan las monedas y las hacen rebotar sobre el mostrador, una a una. Cuando rebota la última, la mano izquierda del minero sale del ventanillo y desaparece en los repliegues de la faja; vuelve a aparecer, extendiendo un pañuelo de hierbas; va el pañuelo a la faja, repleto de medias pesetas, pesetas y duros, y el hombre, apoyándose en los codos, endereza el busto dando frente a una puerta, por cuya vidriera, alambrada y sucia, se ciernen los rayos solares en átomos plomizos.

Aquella media luz recorta fantásticamente la imagen del minero. Su cuerpo erguido, apoyado en las piernas, deja ver por la camiseta desabrochada un pecho velludo y un cuello de cíclope; sobre él posa con arrogancia la cabeza, mostrando, entre las marañas de la barba y del pelo, dos grandes ojos verdes que relampaguean bajo unos cejales endrinos, una corva nariz; y unos labios que se contraen, descubriendo los dientes blancos, puntiagudos y cabales.

Fuera expuesto a equivocaciones al precisar el color de la piel del hombro; cubierta se halla por el polvillo cenizoso que el mineral, al caer derribado por el pico, desprende; juntándose el polvillo al sudor, forma sobre el cutis de los mineros una pasta grisácea, donde los churretes toman apariencias de surco.

En la indumentaria, chaquetón, pantalones y camiseta, pugnan a cuál es más harapo; el sombrero perdió la primitiva hechura, permitiendo a las alas caer con languidez senil y a la copa abollarse sobre la coronilla; unos borceguíes de piel de vaca acorrean el pantalón contra las espinillas, y una faja negra de estambre da vuelta y más vueltas a la cintura, ascendiendo hasta el costillar; por entre la faja asoma la culata empavonada de un Smith; rozando la solapa izquierda del chaquetón y sacando por ella la tosca contera de cobre dorea una faca de catorce perrillas.

El minero hosco, taciturno, sin dirigir la palabra a nadie, se abre paso por los trabajadores que aguardan la cobranza; abre la vidriera de un embite, guiña los ojos al poner los pies en la calle como si la luz solar lo estorbara, y, entrando en una taberna, que hay junto a la oficina, dice al medidor, que en reverencia le saluda:

-Larga un latigazo de lo fuerte, a ver si barro con él este maldecío polvillo.

-Pa barrelo tó -responde el medidor- necesitarás el barril. Debes tener ahí dentro un depósito. ¡Como que doblas y sales de quincena a quincena!...

-Y eso -responde el cortador- porque algún día sa menester descansar unas miajas y ajumarse a concencia.

-Hoy vas a las dos cosas.

-¡A ver, tú, que vida!... ¿Pa qué trajino como un mulo? Pa ganar más dinero que otros y pa gastarme ese dinero más pronto y mejor que tós los demás juntos. Ya me estorba este puñao de pesetas y duros que llevo tintineando en el pañolote de hierbas. ¡Y miá si seré bruto yo, que hago ñuos en el pañuelo! Ni que lo fuese a ahorrar. ¡Lo que es la costumbre!... Lo ve uno añudar desde chico; lo añudó de grande algunas veces. ¡Y velay! ¡Ea, ea! ¡Fuera trompiezos!... Medio cuartillo, ¿sabes? Después detó cuando güerva a mi alcoba hecho un zoque, ni estorbaré a denguno ni tendré que pagar la puerta. Las galerías abandonás son anchas y están solas; allí no hay quien cobre el pupilaje, ni los chinos; como no hay hombres que los sacuan con el pico, pues se están quietos y no caen. Echa medio cuartillo. Pa empezar la limpieza del tubo me paece que es lo propio.

Mientras el medidor llena de aguardiente un vaso, hasta los bordes, el minero saca el pañuelo de hierbas de la faja, lo desanuda, lo extiende encima de una mesa y va repartiendo a puñados, sin contarlos, por sus bolsillos pesetas y medias pesetas y duros.

-Es así más cómodo -dice-. Mete uno los deos en cualquiera de estos boquetes, y por entre los deos va sangrando más de prisa la pasta que en los hornos de fundición.

-No durará mucho ese dinero entre los tuyos -interrumpe un hombre de veinticinco a veintiséis años, que juntamente con algunos sujetos apura vasos de montilla.

Distínguese el hombre por su más esmerado trajeo entre los concurrentes al tabernucho aquel. Minero fue; pero al presente es jugador de oficio y pone su empello en que lo cedulen de aliñado y buen mozo.

Aguardando la hora de su «talla» va puro en boca y bastón en diestra; entróse por el despacho tabernario hecho un brazo de mar para tormento de envidiosos y respeto de bravucones.

Porque Román el Zurdo, a más de buen mozo y bien vestido, es capaz de tener a raya al más guapo. Por lo menos, hasta la fecha, ninguno le echó el pío delante sin que él se lo pisara, y fuerte.

-¿Qué decías? -pregunta el minero astroso a Román, limpiándose con el dorso de la mano izquierda el bigote.

-Decía -contesta el valentón- que poco te durará la plata. Ya se encargarán de liquidártela en un amén las zurripamplas de La Buena Sombra; y añado que no te fuera mal del tó reservar algunas pesetas pa cambio de ropa y rapao de pelo. En güena forma hablo lo que hablo, y por amistá y por mor de darte un consejo. No vale la pena de estar aperreao medio mes pa tirarlo tó en dos horas y metérselo en el bolsillo a palomas viajeras que hoy vuelan aquí y mañana arremontan, y me alegro de haberte visto. ¡Mozo!... Toma en nuestra mesa una copa.

-No es mi hora del vino. Esta es pa mí la hora del aguardiente. Con él empiezo y con él acabo, cuando acabo; vamos, cuando la plata anda en las últimas. Pues oye, Román -sigue, luego de dejar mediado el segundo vaso de alcohol-. Cá uno vive como quiere, y en el vivir de otros, denguno se tié que meter. Esto también lo digo en amistá, y al respectivo de la tuya. Con la mala vestimenta que traigo, me parezco yo un rey mesmamente, y ni por el rey de España me cambio en tan y mientras que los duros me golpeen en los bolsillos y esta faca asome por acá y este culatín me reluzca entre los pliegues de la faja y estas dos manos sepan cómose deja sin balas un revólver y sin vaina un cuchillo.

-¡Jorge! -interrumpe el otro.

-Es un decir, y a nadie va, que vaya por derecho. Mal harás en tomarlo a envite; yo nunca los juego, y si los admito alguna vez es porque me los echan. Respective a las del café, vaya, que sin que el sastre me reforme, ni el barbero me pele, alguna hay que... por mis pesetas será; pero cuando llego yo a su turno, me prefieren a los güenos mozos que a diario les tienen encantaos. Y esto sí que va dicho sin segunda, porque a mi las mujeres... por quincenas y hasta otra, como el ventanillo de Jornales. ¿Qué te debo muchacho? Señores, buena noche y salud.

El minero, girando sobre los talones y recogiendo de su bigote con la lengua las últimas gotas de aguardiente, abandona el local.

Marcialmente camina.

Más que un obrero sin afectos ni hogar, parece un duque satisfecho.

Al despedirse puso en su gesto y en su voz un aire retador; había hablado como diciendo: «Que salga y me siga el que se atreva.»

-Ese -dice Román- está buscándole los tres pies al gato. Pa mí que se los encuentra una noche o una mañana, que los trompiezos no tienen hora fija.

-Mal harás en meterte con ese hombre, Román -murmura el tabernero al oído del Zurdo.

-¿Por qué?...

-Porque te lo digo yo que voy a viejo y he visto en el mundo munchas, pero munchas presonas.

-Y con eso, ¿qué quiés significarme?

-Que dejes a cá mosca con su vuelo. Créemelo, Román, pa cualsiquier hombre, es mucho hombre ese hampón.

CAPÍTULO II

¡Un hampón! Así llaman los mineros a los bohemios de la mina, a los pródigos haraposos que gastan en breves horas de embriaguez y lujuria el jornal que en horas ímprobas de faena recogen.

Todos ignoran en la mina la procedencia de estos hombres. Llegan, mejor dicho, surgen un día o una noche en cualquier taberna con la misma indumentaria que han usado tal vez desde muchos años antes de su arribo y que seguirán ostentando después; con el mismo aspecto sucio y feroz; el mismo puñal en la chaqueta y la misma pistola en la faja.

¿Salen del monte, huyendo persecuciones de la guardia civil? ¿Del presidio, burlando en su vigilancia a los carceleros? ¿De un burdel donde su faca les dio acero para matar y su astucia o el amor de una prostituta ocasión de evadirse?

Nadie lo sabe. Nadie tampoco lo pregunta. En la mina no se pregunta esto jamás. Si se anduviera con tan ridículos reparos, faltaría obreros. Con quienes desafían la muerte a diario hay que tener un poco ancha la manga.

En las propias oficinas mineras apenas saben el nombre de los trabajadores; basta saber el del jornalero que hace en las cuadrillas cabeza.

Para lo que interesa a los propietarios y directores del negocio, no estorban la calidad moral y la procedencia del minero. Sea éste quien fuere, venga de donde venga, ni comete delitos, ni provoca reyertas en el interior de la mina. En ella es un soldado que a otros se une para la conquista del mineral. Un instrumento más durante la faena; en los trances de peligro un hermano más. Los mineros disputan, riñen, se desafían y se matan lejos de los pozos y talleres, valga la frase, extrafronteras. Esto a los directores de la mina les importa muy poco; a los accionistas, claro que los importa menos.

El hampón aparece en cualquier taberna, pido trabajo a un «destajista», a un jefe de cuadrilla; entra en el pozo, empuña el pico y ¡a cortar mineral!

A las pocas semanas su valor, su total desprecio a todo peligro, le conquistan puesto de honor entre los suyos.

¿Dónde come? En una cantina, la más próxima al pozo. ¿Dónde duerme? Acaso en el fondo, de una galería abandonada. Sus compañeros no le ven más que en la tarea; sus jefes, al reflejo lívido de los candiles; los empleados de la administración, cuando va a cobrar los jornales.

Ese día, el de la quincena, el hampón, el cortador incansable del plomo, reaparece en la ciudad ennegrecido y harapiento, fosca la barba, luenga la cabellera, alegre el gesto y vacilante el viaje de sus pies, hechos a tantear abismos.

En la primera taberna apura el primer vaso y cambia el primer duro de los recibidos en la caja. Luego de recorrer tabernas se dirige al cantante; allí corea las coplas, convida a los artistas y alterna con las bailaoras. Del cantante pasa al café de camareras; reúne a las mujeres en torno de su mesa; les paga espléndidamente sus carantoñas y arrumacos, gasta en Jerez su plata, satisface su prodigalidad, logra su ansia brutal de goces, la hartura de ellos con las pesetas últimas en un burdel cualquiera, y de aquella horrible cámara nupcial sale, cuando el alba despunta, para dirigirse a la boca del pozo y bajar a él tambaleándose en la plataforma del ascensor, y perfora la piedra, y carga el cartucho y sube la escala de esparto tarareando una taranta mientras a sus espaldas cruje el bloque y revienta la dinamita.

Así vive este hombre que acaso no tiene familia, ni amigos, ni derechos sociales, ni nombre que pueda pronunciarse en voz alta.

Así vive en la mina donde trabaja, silencioso, huraño, enigmático, aguardando que un «chino» le aplaste los sesos o que el ácido carbónico traiga a sus pulmones la asfixia. Si los bloques le respetan y el ácido carbónico no lo quiere matar de golpe, muerto aparecerá un día cualquiera en su dormitorio de roca, en la abandonada galería con la bolsa pañuelo apretada entre la camisa y la punta de la faca asomando por una solapa del remendado chaquetón.

CAPÍTULO III

Jorge, así aseguraba llamarse y nadie vino a desmentirle ni nadie tampoco se ocupó en contrastar la veracidad de su dicho, era un minero hampón. Como todos los de su casta, surgió cierta noche en una taberna de la ciudad minera. Echó tasca adentro con las manos ocultas entre los pliegues de la faja, la camiseta desabrochada sobre el pecho desnudo, las alas del sombrero sirviendo de toldo a sus ojos ceñudos, y las barbas y cabellera de matorral emboscador al resto de su cara. Asentó frente a una mesa libre de parroquianos; paseó las verdes pupilas por todos los rincones, pidió un cuartillo de aguardiente, y después de apurarlo a tragos anchos, con unción y recogimiento de místico que ante la imagen de culto consagra, encaróse con el Moreno el tabernero, un antiguo cortador de mineral y de carne de prójimo si se terciaba el caso, y le preguntó hundiendo la barba entre los puños y mordiendo con sus dientes puntiagudos la interrogación:

-Usté perdone la pregunta. ¿Habrá en este pueblo trabajo pa un hombre que no se asusta de los barrenos, de la piqueta y del arsénico?

-Pa esos hombres siempre hay trabajo aquí.

-Entonces ponga otro vaso de lo mismo y dígame a quién tengo que encaminarme pa escomenzar pronto la faena. No es que me apure. Aun traigo alguna plata -e hizo sonar en su bolsillo un puñado de duros-; pero vaya, que uno se entiende, y a la cuenta el trabajo quita otros trabajos que la cabeza por sus adrentos se pué traer que traer.

-Jefe de cuadrilla necesitao de un obrero pa la suya lo tiés: Bastián. Ayer un «chino» entortilló los sesos al más fornío de sus hombres.

-Aquí hay otro pa rellenar el hueco.

-¿No te asusta el peligro?

-He pasao la edá de los sustos.

-¿Eres del oficio?

-Pa mover un pico solo hacen falta brazos y voluntá. Voluntá la tengo. Brazos... Me paece a mí que estos sirven pa tó, amigo.

Y el desconocido, enderezando el cuerpo, tendió al aire sus dos brazos de atleta.

-El trabajo de la mina es muy perro.

-Peores los hay... Y se sufren.

-¿Peores?

-Mu peores.

-Peores -contestó el preguntado, engarñando los dedos contra los bordes de la mesa y velando con un frunce de párpados el brillo sombrío que adquirieron sus ojos verde mar.

El tabernero, tras un gesto enigmático, dijo:

-Tienes razón, peores los hay Bastián -agregó poniendo sobre la mesa dos copas llenas de Cazalla y sentándose frente al huésped-, Bastián es sujeto de confianza. Con tal que sus obreros cumplan, no se mete en averiguarles la vía. No tardará en venir. Si es que no tiés prisa tú...

-Denguna.

-Y hospedería, ¿tié?

-Me ocurre lo mesmo que con la prisa.

-Si hablas con Bastián y te ajustas, que te ajustas con él, su hermana alquila camas y hace de comer a los mineros sin familia. Es limpia y no pone caro la vieja. Aquí está Bastián.

El trato quedó hecho con media docena de palabras o igual número de copas de aguardiente bebidas con fruición. Aquella noche se hospedó Jorge, así dijo llamarse, en casa de la tía Indalecia, la hermana de Bastián.

Antes de caer en el camastro, ya colgada la ropa exterior en un clavo, el hombre desabrochó de un tironazo su camiseta de franela, y sacando por la abertura una como reliquia presa a un cordón azul, estuvo contemplándola a la luz pálida del candil. Fueron alzando poco a poco sus brazos el tosco medallón hasta muy cerca de los labios; apuntóse en ellos el beso; poro no llegó a ser. Abriéronse los dedos; golpeó la reliquia contra el pectoral musculoso, y el desconocido, dando un soplo al candil, se desvaneció en la obscuridad de la alcoba.

CAPÍTULO IV

El primer viaje al fondo de la mina produjo en los nervios del neófito una ruda impresión, en la que el miedo, bravamente disimulado, hubo también su parte. Al atravesar el recinto minero, alumbrado por la luz violeta de la aurora, fue la curiosidad del nuevo cortador atraída por el espectáculo de la colmena jornalera, que zumbando y arremolinándose a la entrada del coto, la salvaba en montón para dividirse después en grupos que tomaban direcciones varias, según el lugar y faena a ellos correspondientes.

Iban unos grupos hacia los lavaderos, donde el vapor o la fuerza eléctrica ayudan a los trabajadores en el cernimiento y distribución del mineral; otros, a los lavaderos de brazo, donde el músculo es sola fuerza y la humana sangre único combustible; otros, pegándose a las vagonetas con apegamiento moluscular, las empujan por carriles angostos hasta engancharlas a las locomotoras que pitaban y recrujían, despidiendo chorros de vapor, coronándose de humo. Estos grupos penetraban en los talleres donde se funde el plomo y quema el aire, y la escoria líquida se arrastra por los quemantes canalillos en arroyos rubí; aquéllos, convirtiendo en bozal sus pañuelos, entraban en las cámaras condensadoras para recibir los besos mortales del arsénico; cuáles marchaban al desplate, a la purificación última del metal; quiénes, a las fábricas constructoras de balas, para moldear el plomo, para ponerlo a disposición de la muerte. Grupos borrosos se perdían en los desmontes, en las hondonadas, proyectando vagas e indecisas siluetas. El sol naciente, brillando como horno de salud bajo un cielo sin nubes, calentaba, vivificaba los seres y las cosas, proclamando, ratificando con el polen áureo de su luz la eternidad del mundo.

Aquel espectáculo, nuevo para el obrero, le obligó a detenerse. Quedó absorto en su contemplación, siguiendo con ojos y oídos, de par en par abiertos, el zumbido y la dispersión de la colmena. Un recio manotazo le sacó de sus contemplaciones.

-Aquí no venimos a ver; a trabajar venimos y a no desperdiciar minuto. Con que echa pa alante, aprendiz, que nos aguarda el pozo.

Era Bastián quien así hablaba. Jorge echó a andar tras él en dirección del cuarto inmediato a la boca del pozo, donde los mineros toman los candiles encendidos de manos del guardián y cubren sus cabezas para preservarse en lo posible de los pedruscos que desprenden las bóvedas y las paredes subterráneas, el duro sombrerote de cuero.

Jorge, al dirigir sus pupilas a la boca negra del pozo, en cuyos bordes se detenía como acobardada la luz tibia del sol, sintió que el miedo le empujaba hacia atrás. Retrocedió manifestando claramente en su gesto el temor que sentía.

-Cierto -murmuró a su oído con tono de burla Bastián-, cierto que algunas veces el cable se rompe y ¡cataplún! Tó envejece, hasta los cables, y, ya es sabido, los viejos no hacen cosa buena. Pero tú estás de suerte, al menos en este primer viaje; pués bajar en lo que hace hoy sin «canguis»; los cables son nuevos; los han renovao anteayer.

Y Bastián entró en la jaula de un brinco, riendo a carcajadas; los otros hombres de la cuadrilla, los antiguos, siguieron a Bastián; Jorge dio un paso, apretó el candil con sus dedos temblones y se enjauló como los otros.

-¡Andando! -gritó el jefe.

Chirriaron los cables, hundióse poco a poco la jaula en el sombrío boquerón; poco a poco fue la luz solar extinguiéndose. El agua rezumaba de los peñascos, caía sobre los hombres en gotas anchas y golpeaba contra los alambres con siniestro rumor.

La luz de los candiles permitió a Jorge ir viendo, a franjas indecisas y lúgubres, el enorme tubo de 550 metros que conduela al taller subterráneo.

Sobre las paredes rezumosas extendíanse los deslizadores de la jaula. Brotaba de aquéllas el agua en múltiples hilillos; la luz de los candiles los convertía en brotes de sangre, en supuraciones bermejas.

De vez en cuando vela el novicio extenderse hacia el muro, como en acción de impedirle caer contra la jaula y pulverizarla manos y brazos esqueletoideos... Eran traviesas de madera, armazones de hierro, fábricas de apoyo y contención. Más de tarde en tarde descubría boquetes enormes, aberturas negras de límites imprecisables. Por aquellas aberturas salían ruidos temerosos, rumores de tormenta lejana, voces confusas, reflejos mortecinos.

Estos boquetes marcaban los pisos de la mina; por frente a ellos resbalaba la jaula. Eran los rumores de tempestad, trajín de máquinas perforadoras; los ecos gimientes, gritos de mineros acompañando la maniobra de las vagonetas y el vaivén de los picos; los reflejos lívidos, oscilación de candiles en las tinieblas.

Este paisaje dantesco se dibujaba ante las pupilas de Jorge como un sueño espectral. Aquella bajada entre sombras, aquella lenta caída de 500 metros de altura, aquel golpear incesante del agua, aquellos brazos extendidos para contener el desplome del pozo, aquellas bocas negras que vomitaban ruidos sordos y reflejos de fuego fatuo, producían en el trabajador las angustias horribles del mareo. Su estómago sentía dolorosos espasmos; su corazón palpitaba sin ritmo.

Agarrado a la barandilla, abriendo los ojos desmesuradamente estaba cuando los cables se estiraron con tironazo brusco; una mano alzó la barandilla. Ante Jorge se abría un túnel iluminado por un braserón de hulla y entrecruzado por carriles. Lejos brillaron luces. Oíase el ruido metálico de los picos golpeando en el mineral, el agrio crujir de las vagonetas, el gruñido de los perforadores.

Bastián, empujando por los hombros a su aprendiz, le forzó a abandonar la jaula.

-Tira alante -gritó-. Aún falta un paseo diquiá que lleguemos al «tajo».

Jorge, con marcha de sonámbulo, siguió a sus compañeros hacia el interior de la mina.

A cada segundo tropezaba en obstáculos imprevistos. Sus pies se hundían en tapices de fango líquido; el aire frío de los ventiladores helaba sus pulmones tremantes; sus pupilas se dilataban con angustia para ver en la sombra. La luz de su candil, reflejando contra las paredes, convertía en petrificados arroyuelos de plata las vetas de plomo; en joyería, las sales que cristalizaban entre las murallas del túnel. La bóveda de éste se perdía en tinieblas; como apariciones pasaban y repasaban las vagonetas al empujo de hombres semidesnudos cubiertos de sudor.

Iban y venían aquellos hombres de las «torbas» a la boca del pozo y de la boca del pozo a las «torbas», sin descanso, pataleando sobre el cieno, contrayendo los músculos, aferrándose a las vagonetas para no resbalar, echando hacia atrás las cabezas para absorber el aire, mezclando sus jadeos de bestia al chirriar de los ejes, el trepidar de los vehículos al choque de las piedras en viaje.

-Es el paseo -contestó Bastián a la pregunta que le hizo su aprendiz.

¡El paseo! Acaso la ironía, metiéndose de contrabando bajo el cráneo de un minero, de un empujador de vagonetas, le hizo tropezar con tal nombre y poner dentro de él todos sus odios, todas sus angustias, todas sus miserias de criatura humana convertida en bestia por mandato del hambre y codicia de los patronos.

¡El paseo! Así llaman los mineros a su ir y venir empujando vagonetas casi a cuatro patas, a sus choques contra las piedras, a sus resbalones en los carriles, a su marcha a ciegas entre peligrosas negruras, a su faena de locomotoras vivientes, que tienen por ejes músculos y nervios; por combustible, sangre; por engrase, la transpiración de sus cuerpos; por motor, la miseria; por estación de descanso, una zahurda; por taller de reparaciones, un hospital; por depósito de arrumbamiento, la fosa común.

A dimitir de hombres y trocarse en caballerías llaman pasear los mineros. Convengamos en que estos paseos no son precisamente los que se dan por el Retiro y por la Castellana.

Sin embargo, a poco tiempo de aprendizaje pudo el cortador convencerse de que, comparada con otras faenas mineras, de paseo, de dulce y plácido paseo puede calificarse la marcha fatigosa de los vagoneteros por las sombras del túnel.

Como un esparcimiento, como un apacible solaz consideraba el paseo Jorge cuando, ya maestro en el oficio, oficiaba de perforador en fondos casi no explorados, a los que descendía por escalas de esparto. En ellas resultaba milagro apoyar la punta de los pies y la falange superior de las manos.

Él bajaba diariamente por estas escalas al fondo de la mina a respirar durante horas y horas atmósferas de cuarenta y seis grados, a trabajar desnudo de medio cuerpo arriba, tendido, en escorzo violento, el que permite la altura de la bóveda; a hundir la barrena en la piedra, a colocar dentro del agujero el cartucho de dinamita, a encender la mecha, con el tiempo justo para agarrarse a la escala de esparto y trepar por ella, y oír desde el peldaño último el estallido del explosivo destructor.

A este trabajo, a otros como él rudos y peligrosos se hizo pronto el minero, y pronto superó a los antiguos en destreza, en resistencia y en audacia para arrostrar la muerte.

Pronto ganó el primor puesto entre sus compañeros de cuadrilla, y si no ganó su amistad, debido fue a la huraña condición de su genio, que le hacía estar alejado de todos, sin tomar parte en las conversaciones, viviendo y emborrachándose solitariamente.

Mientras sus compañeros durante el trabajo lo alegraban entonando tarantas o bromeando entre golpe y golpe de pico, Jorge callaba, atento a su obligación nada más. Según pasaba el tiempo, iba compenetrándose con la mina, haciéndose un pedazo de ella, hasta que un día tomó obra por su cuenta en las oficinas, se apartó de Bastián y se hizo destajista. Doblando las horas de faena vivía en la mina, trabajando de sol a sol. Salía de ella, no por la jaula, por las escaleras de esparto, y no iba a la población sino de quince en quince días a cobrar su quincena, a derrocharla en vino, a consumirla en el cantante con las cantaoras, en el café con las camareras, en los burdeles con las jornaleras del vicio, con las que a altas horas de la noche «hacen» paseos tan horribles como los que hacen los mineros por el túnel fangoso a la luz de los mal olientes candiles.

Un día desapareció Jorge de la habitación (llamémosla así) que le arrendara la hermana de Bastián. No volvió más por ella.

Cuando al término de la quincena se presentó en la taberna del Moreno, con el traje más roto y el pelo más crecido que nunca, le dijo aquél:

-¿De manera que te has metido a hampón?

-Así parece.

Hampón le llamaron desde entonces los de la mina, olvidando su antiguo nombre. De minero hampón llevaba existencia, pegado al plomo, faenando solitariamente en los más apartados y más peligrosos boquetes, desde el alba hasta más tarde del ocaso; durmiendo sueño de alimaña salvaje en una galería abandonada por el trabajo y por la codicia. En ella, sobre un cacho de manta, teniendo un «chino» por almohada, dormía el hampón.

Alguna vez ardía el candil en la alcoba de piedra.

Era que el hampón lo encendía para contemplar la reliquia pendiente de su cuello. También, como en la alcoba de la ciudad, levantaban sus brazos la reliquia hasta la altura de la boca; también apuntaba ésta el beso; pero también antes de que este beso fuera, caía el medallón sobre el pecho, moría la luz del candil y en la obscuridad vibraban quejumbrosos los alentares del hampón.

CAPÍTULO V

Iba para dos años que Irene desempeñaba oficios de camarera en La Buena Sombra, un café modernista (así le llamaba su fundador y dueño), que para competir con el cantante antiguo y alcanzar victoria sobre él, brindaba a los parroquianos la voz escasa de unas cupletistas, con más el atractivo de la femenil servidumbre, nada huraña en su trato y fácil al reclamo de los varones, siempre que éstos lo acompañaran de buenas propinas al abonar el gasto y de buenos duros si al cerrarse el café querían ultimar el convite.

Ponía gran cuidado el dueño del café en remudar camareras y cantatrices. No era el paladar de sus parroquianos meticuloso en punto a la belleza y a la donosura de las tales; pero en cambio se hartaba de ellas pronto. A falta de exquisitez en la mercancía, pedía variación. El cafetero, atento al mejor provecho de su industria, no se atrasaba en los cambios y recambios de personal. Cada tres meses, a lo sumo, plantábase el hombre en la Corte y de ella regresaba con mujerío nuevo, vamos al decir, porque casi todas sus novedades, de puro averiadas, sólo en gente minera, que ni de la muerte se asusta, podían encontrar recibo.

En La Buena Sombra lo hallaban, con tal de no ser viejas. Aquellos hombres rudos gustaban de la carne pintada. Aun, aun los más jóvenes, tomaban el colorete por rubor y por apasionada sombra el corcho ahumador de los párpados. Al amanecer era su desengaño; pero al advenir éste ya estaba satisfecho todo. Sobre que al amanecer comienzan los trabajos mineros, y no hay tiempo para distingos cuando pico y candil aguardan en la boca del pozo.

Irene constituía la excepción en el trasiego de camareras y de tiples. Por su belleza, aun no totalmente marchita, por su gracia y por su habilidad en agradar, entretener y llevar el humor a los parroquianos, era ídolo de ellos e insustituible para el amo del cafetín, que veía en Irene un filón productivo, un espejuelo a cuya deslumbre acudían prontos los incautos y se dejaban desplumar sin protesta.

Tan embobada traía a su parroquia Irene, que si el cafetero -torpeza no imaginable en él- hubiese intentado despedirla, contra él se revolvieran todos sus parroquianos, y no ya su industria, su persona sufriera máximo por juicio.

La Cañas (mote que la moza debía a su decir siempre que la invitaba alguno: «Convidame a unas cañas»), era una institución en La Buena Sombra. Los concurrentes al café se disputaban las mesas de su turno; pujábanse a mayor obsequio y a propina mayor el derecho a dar conversación y convite a la Cañas; pujaban también sus favores extracafetiles, y si llegaba la ocasión de una juerga en el «camarote» de arriba, con guitarras, canto, baile, manzanilla y Jerez, era voz y acuerdo unánime en los juerguistas, que la Cañas había de servirles o, cuando no, estar a la verita de ellos en tanto que la juerga durase. Bien es cierto que la preferida, a más de su destreza en el servicio, de su gracejo en la conversación, de su no presumir con ninguno, ni dar públicamente preferencia a ninguno, «se bailaba un tango sobre una cuarta de terreno y se cantaba» una copla con voz ronquilla de tan dulces entonaciones que almas adentro iba, cuando apasionada era la copla; cuando pícara ponía los nervios en punta y el deseo en trajín.

¡Bien se aprovechaba la moza de estos sus encantos y seducciones, naturales unos, otros adquiridos en la existencia que desde muy niña hubo de hacer por mandato de su nativa condición o de su mala suerte!

Flaca de carne, miserable de vestimenta llegó a la minera ciudad. Al presente, repretada estaba su carne, y trajeada con elegancia charra y rebosante el negro moño en agujones y peinetas; en sus orejas resplandecían orlas de diamantes, y en sus dedos campeaban lanzaderas, tresillos, serpientes de esmalte. De oro bajo eran las monturas; a lo peorcito del surtido pertenecían los esmaltes y piedras, pero de lujo y comodidades hablaban, al igual de los mantones de espumilla, de las blusas de terciopelo, de las medias de seda, de los zapatos de charol y de la habitación que próxima al café alquilara. El baulillo de los comienzos arrinconado fue para dar sitio a un armario de luna; un sofá de reps y dos sillones de lo propio, sustituyeron a las viejas sillas de Vitoria; una cama de dorados barrotes, adamascada colcha y blandos colchones, al duro catre que fue durante los primeros meses martirio del cuerpo de la moza.

Todo aquel boato salía de la parroquia del café. No significaba esto que la Cañas descuidase por los propios los intereses del dueño de La Buena Sombra. Tanto o más cuidaba que de los suyos, de éstos, dándose traza para que los concurrentes a su turno pidiesen, y en abundancia, de lo caro; haciendo, siempre que ello le era posible, extensiva la convidada a todas las demás camareras y aun al propio industrial.

Pues, ¿y cuando había jolgorio en el «camarote de arriba»?... Era de admirar entonces la Cañas. Las botellas, servidas por su mano, se vaciaban en un amén: tal maña se daba en derramar el vino por mitades cabales entre la bandeja y los vasos.

-¡Cañas! -gritaba un comensal-. ¡Báilanos un tanguito!...

-Hijo de mi alma, pa bailar necesito yo beber unas miajas. Conque arráncate por un par de botellas.

-¡Cañas, canta unas coplas!...

-Estoy muy débil, comparito. No vais a oírme si no me relleno antes el estómago de jamón y si no empujo el jamón con tinos chatos de Agustín.

-¡Cañas, dame un beso!

-Los besos en público los cobro caros. Si quieres uno te cuesta una ronda de N. P. U.

Así iba de uno en otro, alegrándolos con sus chistes, enardeciéndolos con el mirar gachón de sus grandes ojos endrinos, metiendo por los ojos de ellos las redondeces de su carne morena, rozándoles el cutis con sus labios embadurnados de carmín, sentándose sobre sus rodillas para entonar la copla, quitándolos de las cabezas los anchos cordobeses y encajándolos sobre su moño para bailar el tango.

Cuando la embriaguez del vino y las embriagueces del deseo enardecían a los hombres; cuando era crecido el número de botellas vacías, en un rincón amontonadas, y las cabezas no estaban en punto de reparos, subía la Cañas, ocultamente a cada uno de los viajes que hacía al mostrador, cascos y más cascos, que aumentaban en mucho la cantidad de los consumidos y el coste de la juerga. Sabía también, cuando a tal situación llegaban los juerguistas, darles esquinazo e irse a dormir sola en la cama de dorados barrotes, no sin darse antes la enhorabuena por aquella noche de libertad, frente al espejo del armario.

Su cuerpo moreno, en casi completa desnudez, se dibujaba sobre el limpio cristal envuelto por la lluvia luminosa que se desprendía de la lámpara eléctrica, como una estatua de nogal tallada por un escultor lúbrico para presidir bacanales.

CAPÍTULO VI

Entre los asiduos al turno de la Cañas contábase Román, el encargado de la timba, el exminero jaquetón que abandonara la barrena y el pico para vivir holgado y libre por pragmática de su guapeza.

Quién más, quién menos, rehuía choques con tal hombre, no tanto por miedo como por evitar pendencias con sujeto que no había nada a perder y que por someterse incondicionalmente, sea ella cual fuere, a la voluntad de potentados y caciques, tenía siempre cubiertas las espaldas y segura la impunidad en sus malas acciones.

De ahí que, si entrando en La Buena Sombra asentaba junto a la Cañas en su «turno», o si fuera de él, por no haber en él sitio libre, llamaba a la camarera a su mesa, respetaran todos el diálogo y no pusieran reparo al llamamiento.

La Cañas gustaba también de platicar con el tahúr; no en balde era hembra y, como tal, ufana de pavonearse con los galanteos de un macho corajudo. Aumentaban la satisfacción y el gusto de la camarera, ser el macho buen mozo y pronto a derrochar la plata, siquiera con la plata lo ocurriese lo que con el valor; la lucía donde era conveniente a su crédito de generoso, y muchas veces más, para enseñarlos que para, cambiarlos, hacia brincar en los veladores sus duros, y asomaba, como al descuido, por la boca de su cartera los billetes de Banco.

No es esto decir que, llegado un trance de pelea, huyera el hombre el bulto. Daba rostro al lance, si ello era menester, pero cuidaba de hacerlo con ventaja y tanteando al adversario.

Con sus antiguos compañeros, con los que en la mina arrostraban a cada minuto la muerte y fuera de la mina ponían mano a sus facas y pistolones por un quitame allá esas pajas, evitaba toda cuestión. No había en tal juego provecho y era peligroso arriesgarlo. Si llegaba caso inevitable de venir a mayores con los del plomo y el candil, dábase traza, sin demérito de su hombría, para que los amigos terciaran en el trance supremo y lo ahogaran en chorros de Montilla y Jerez.

De todas suertes, no era grato malquistarse con aquel mozo que ya llevaba dos hombres por delante, y que no se detenía en mirar si el enemigo le daba el frente o las espaldas a la hora de esgrimir la faca o de piñonear en el gatillo del revólver. Así es que los parroquianos de La Buena Sombra le otorgaban la primacía en los favores de la Cañas, y ella le otorgaba también sobre los otros preferencia, sin que esto significara, por parte de la camarera y de Román, compromiso serio o título oficial de queridos.

Cierta noche, Jorge, que ya llevaba la existencia propia al minero hampón, luego de cobrar su quincena y de enjuagarse con aguardiente el tragadero en la taberna del Moreno, entró en la chirlata regentada por el buen mozo; jugó fuerte, el azar se puso de su parte, y Jorge abandonó el tapete con buen golpe de billetes y duros.

Dos cortadores de su antigua cuadrilla, a quienes tropezó en una tasca, le invitaron a ir al cantante. Allí, entre coplas patibularias, taconeos de bailarinas y sones de guitarra, apuraron unas cuantas botellas. Medio borrachos ya, ocurriósele a uno de los mineros hablar de la Cañas y hacer elogio cumplido de su hermosura y su donaire.

-Nunca estuve en ese café de camareras -dijo el hampón mientras contemplaba al trasluz la manzanilla que mediaba su copa-. ¿Dices que es guapa y que tié chiste esa moza?

-¡De plata fundía es!... ¡Y tocante a otros méritos!... Denguna de aquí se baila un tango tal como ella. En lo que hace cantar, mesmamente es una calandria. Ahora que pa oírla y pa verla, sa menester subirse al «camarote» grande, al de arriba; allí hay que beber de lo caro y dar al tocaor tres duros y no reparar en propinas. Eso sí, que en allegando, que allega uno al café pué pedir pa servirle en el «camarote» la que sea más de su gusto; y sube y al servicio de quien la pidió está, diquiá el que la pidió acabe de echar vino y de gastar parné.

-Pues vamos -interrumpió el hampón- al «camarote» grande, pa que nos llenen la mesa de «N. P. U.» y nos toque el que sea; y nos sirva esa Cañas de tus elogios; y nos cante y nos baile y haga cuanto nos sea menester. Esta noche es mi chaquetón la oficina de pagos. Con que ¡arza! vamos a rematar la juerga tal que si fuéramos señorones. Se m'ha calentao el gaznate y ya no paro de beber hasta que me tumbe el vino ande sea. La Cañas, ¿vive muy lejos del café?

-A la verita -respondió uno de los dos cortadores.

Riendo y haciendo esos, entraron en La Buena Sombra los mineros.

A los cortadores ya se les conocía en la casa. El hampón era desconocido para las camareras, para el amo y para la mayor parte de los tertulios. Sólo algunos mineros le saludaron al entrar. En tanto que él y sus acompañantes se acercaban al mostrador, hicieron los otros comentarios a propósito de aquel salvaje de la mina, de aquel topo que vivía bajo tierra quincenas y quincenas; de aquel incansable bestiazo que de sol a sol, durante horas y horas de faena dejaba sangre y músculos en su pelea con el plomo, para al término de la quincena, en una sola noche, gastarse con hembras y tasqueros los jornales tan costosamente ganados.

Respetuosos y amigables eran los comentarios; el hampón, no obstante su hurañez, era buen compañero; en un hundimiento, ocurrido pocos días atrás, lo había demostrado. Esto explicaba la afectuosidad de los comentadores. Le respetaron al saber que en dos ocasiones, y contestando a rotos que su actitud no provocara, había demostrado tener recios los puños y firme el corazón.

El dueño de La Buena Sombra, al oír la petición del camarote grande hecha por un sujeto desconocido, todo andrajos y tizne, sonrió enigmáticamente e hizo un ademán de hombros como si quisiera decir: «Bueno está para broma, pero no me hagan perder tiempo, que es hora de trajín, y mis camareras aguardan que les despache sus servicios.»

-Mire, amigo -dijo el hampón deteniendo al industrial, que hacía ademán de alejarse-. Ni tó el borracho sueña, ni es prudente juzgar por la sotana al cura. Yo pido el camarote porque pueo pagarlo,

pagarlo y llenar la mesa de botellas y de blancas el piso. Oiga el son -añadió sacudiendo la vieja chaqueta de pana-. ¡Pa mí que no suena a hojalata! Y pa usté dos noticias: que estas manos no se agarran mucho al dinero y que este gaznate está hecho a medir vinos de toas las calañas. Con que mande que dispongan el camarote y no olvíe, puesto que en tierra minera tié su tráfico, de que los mineros son talmente como el mineral que cortan con sus picos: escoria y plata, tó junto.

A un gesto afirmativo de los cortadores, repuso el cafetero:

-Buen amigo, perdone. ¿Quién no se equivoca en el mundo? El camarote siempre está pronto pa los parroquianos que le honran. Manitas, anda con la sonanta arriba. ¿Qué camarera les hace a ustedes el avío?

-La Cañas.

-¿Sí?

-Sí.

-Tras ustedes sube, señores.

-Que se suba dos botellas de N. P. U. pa darnos tiempo de pensar en lo que vamos a beber.

Subió la Cañas, por obligación del servicio, y subieron tras ella, a la husma de manjares y de propinas, camareras y cantatrices. Rasgueó su guitarra el Manitas, cantó a media voz una taranta el cortador más joven, y mientras se hacía el pedido de la cena y se remudaban las botellas vacías, dijo el hampón golpeando con su mano recia y nervuda las manos ensortijadas de la Irene:

-Me han dicho a mí que usté se canta pa dar alegría a un difunto; y, ¡velay!, por eso de que alegra usté a los difuntos, la quisiera yo oír.

-Hijo, mi obligación en esta casa no es cantar.

-Ya lo sé. Es un favor el que la pido. Por enjuagatorios no lo deje. Si quié aclararse con Champán la garganta, pídalo con toa la boca.

La Cañas miró de hito en hito a aquel mocetón desastrado que tan rumbosa y cortésmente le solicitaba una copla, y en ley de verdad, vale decir que no malamente la impresionaron la figura atlética del minero, sus bravos ojos verde mar, sus negros cabellos y los blancos dientes que la sonrisa, compañera de la solicitud, ponía al descubierto.

Casi interés llegó a inspirarle cuando los cortadores refirieron las proezas mineras del hampón, su vivir solitario en la galería abandonada, su ningún trato con la gente durante la quincena, sus despilfarros en la noche del cobro, el misterio y la hosquedad con que amortajaba su persona.

-Pero ¡vaya! -exclamó en uno de los intermedios la Cañas-, que su apaño no le faltará al hombre.

-¿Apaño? -murmuró el hampón.

-Mujer fija, he querido decir.

-¡Fija!...

-Siempre se tié voluntá por alguna.

El hampón puso los ojos en la copa, y, abarcándola con la mano, la subió hasta sus labios; los dedos temblaban encima del cristal; los párpados se guiñaban sobre las pupilas, ocultándolas. Al dejar la copa en la mesa, la mano quedó inmóvil; las pupilas verdes se fijaron con indiferencia en la Cañas.

-A ninguna prefiero. ¿Pa qué? A ellas y a mí nos conviene más juntarnos por horas.

Así no hay lugar al cansancio, ni necesidá de engañarse. ¡Llena las copas, criatura, que andas retrasá y va a quejarse el del mostraor! ¡Lo que hace la ropa! ¡Casi casi nos da una limosna el chavó!... Anda, niña, anda, súbete más Champán, y en cuanto que lo subas, prepárate a bailar un tanguito. No te pesará manque esta noche nos dediques a los tiznaos tó el repertorio que pa el señorío te guardas.

-Pues, ea, a escape vuelvo, y así que suba, bailo el tango; lo bailaré poniéndome encima del moño ese sombrero que te traes; talmente paece un sarnacho de los de secar higos.

Ya punteaba el Manitas el tango y daba la Cañas vueltas entre sus dedos al sombrero del hampón, cuando entró en el «camarote» la Antonia, y le dijo a su compañera:

-Román, que está abajo, y que tié gusto en que le sirvas una de las medallas.

-Si queréis esperarme... -dijo la Cañas, dirigiéndose a los tres hombres.

-¿Es preciso que bajes? -le preguntó el hampón.

-Como preciso... Ahora, que se trata de un parroquiano...

-Al tomar y pagar este cuarto, ¿no te tomé y no pagué también al cafetero pa que tú nos sirvieras en tan y mientras que estuviésemos haciendo gasto aquí?

-Natural.

-¡Entonces!... Si es de tu gusto, baja; pero si es que bajas, no vuelvas. Si no es de tu gusto, quédate, y que sirva otra al parroquiano; por una noche no se va a morir ese señor.

-Ya lo has oído, Antonia. Le dices que estoy de servicio y que no puedo complacerle.

-En tal caso -exclamó el hampón-, sigue con el tango, Manitas, y tú no me enciendas la sangre con ese par de aceitunas que Dios te ha dao por ojos, y báilate el tango, y ¡vaya por ti!, y mal fin tenga el que nos quiera mal.

Puesto en la cabeza el deshechurado sombrero, comenzó su baile la Cañas. Al comienzo lo hubo de interrumpir, porque Antonia entró nuevamente y cuchicheó con acento medroso:

-Dice que, si no bajas a servirle, tendrá que subir a tomarse una copa. Viene un poco...

-Que suba -repuso el hampón con voz tranquila-. Ésta ya no baja. Dile a ese señor que yo obsequio de buena manera a tó el mundo, y que esta copa está aguardando quien la apure.

Al abrir la puerta Román y reconocer al hampón, cambió en amistosa la actitud desafiadora de su gesto. Conocía a Jorge, había apurado con él más de un vaso, y sabía a qué extremos era capaz de llegar el hampón si alguien le buscaba quimera.

-De saber -murmuró- que eran amigos como tú a quienes servía esta moza, o no hubiera mandao el recao o hubiera subido antes pa convidar y aceptar un convite.

-Ahí te va la copa -contestó Jorge, llenando una de Champán hasta el borde-. En lo que toca a esta chiquilla, no es que me importe, en el sentío de que tenga pretensiones por ella; pero, vamos, ya que escomenzó a servirnos, que siga. Como el recao venía así de un mó..., pues si bajase ahora podrían suponer en ti lo que no hay, gana de humillar a tres hombres; en nosotros, lo que no hay tampoco, mieo a un hombre. De manera que, con tu permiso, y respetándote como tú te mereces, que siga sirviéndonos la Cañas. ¿No te parece que es justo? ¿No harías talmente que yo mismo si te encontrases en mi puesto?

-A la salud de tós -dijo Pepillo, sin contestar directamente a la pregunta y apurando de un trago el vaso-. No es cuestión de que hombres buenos anden a la greña por quien no lo merece.

-A más -interrumpió la Cañas-, que tú no tiés dengún derecho sobre mí.

-Porque no lo tengo, no lo uso.

-Más vale que ná haiga entre ustés pa que no haiga disgusto. Siéntate si quiés ver cómo se baila un tango.

-Gracias; tengo en el café dos o tres amigos, y no es cosa de hacerles esperar. Divertirse.

Román volvió la espalda e hizo al ganar la puerta un gesto rencoroso.

A punto del alba, cuando el Manitas, luego de enfundar su instrumento, dejó el camarote, y los dos cortadores, haciendo cabezal de sus brazos, roncaban su embriaguez, el hampón, apoyando un codo en la mesa y la barba en el puño, dijo a la Cañas, sacando del chaquetón un billete de veinte duros:

-Está lejos la mina y mis pies no se tién firmes. Si quiés hospedarme esta noche, ahí te va por la caminata que me ahorras. ¿Hace?

-Hace.

Al quitarse la chaqueta el hampón se abrieron los botones de su camisa y quedó al aire el medallón de su cuello pendiente.

La Cañas, por un impulso de curiosidad, extendió las manos hacia aquel objeto brillante.

-Quieta, niña -dijo el hampón-. Esto no se toca. Es sagrao.

CAPÍTULO VII

Desde aquella noche, y por caminos de curiosidad, fue a la Cañas el enamoramiento. ¿Quién era aquel hombre? ¿Por qué llegó a la mina? ¿Por qué ocultaba en el más profundo misterio su existencia anterior? ¿A qué vivía al presente lejos de todo trato, haciendo alcoba de una galería abandonada? ¿Por qué la primera noche la dijo y le demostró después con su conducta que las mujeres sólo eran para él un remate del vino; que nunca, nunca, pondría en la posesión de una hembra el interés de su alma?

Lo último tenía que verse. Se le metió a la Cañas en el caletre ser algo más que el remate del vino para el desdelloso minero, y, o poco valía, o salía avante con la suya. ¡Faltaba que a ella, a ella, por quien se pirraban los parroquianos de La Buena Sombra y todos los galanes que con ella entraban en diálogo una vez, la tomara y dejara a su gusto un haraposo, con más pelos que una zalea y más churretes de polvillo mineral en la cara que una vagoneta en su fondo!...

Claro que, aun así y todo, cuando en los días de cobranza, pasaba el hampón por casa del barbero, dejando que éste le cortara las greñas y que agua y jabón libraran de suciedades a su piel, era todo un buen mozo con sus ojos verdes y sus rizos del color de las moras. Como dos corales relucían sus labios entre las negruras del bigote y la barba: sus dientes, como cuadradillos de nieve al sonreír la boca. ¡Y no se diga si el hampón, enderezando el cuerpo y tirando contra el respaldo de un diván su chaqueta, se ponía en pie y gallardeaba su herculiana figura, sus anchos hombros, su pecho en curva dibujado, su esbelta cintura prisionera en la faja y sus piernas duras, potentes, que hacía restallar con la pana del ajustado pantalón! Arrogante era la figura de Jorge, si para con testar un reto se adelantaba hacia el contrario; seductora, si con rendimiento varonil se inclinaba hacia las mujeres en demanda de una caricia.

Esto no había que negarlo; pero tampoco era para despreciada ella, para tomada como función de títeres, donde se paga, y al salir si te vi no me acuerdo. La mano derecha se dejaba cortar la Cañas si a poco andar no estaba el hampón perdidito por su persona, y si no estaba su persona al tanto de la vida y milagros de aquel murciélago revoloteador de pozos. Su esclavo sería; así como así, otros de más valer y más «postines» lo fueron.

Mientras llegaba la hora de la esclavitud del hampón, era la Cañas quien por él se iba esclavizando; ella, quien el día correspondiente al cobro de quincena, se emperejilaba como para una boda y se pasaba las horas muertas enfrente del espejo; ella quien desfloraba los tiestos para adornarse el moño, y contaba minuto a minuto los que faltaban para ir al turno del café y ceñirse el delantal de picos y lustrar cucharillas y tazas y dar comienzo a su faena. Distraídamente servía su turno, descuidando la conversación con la parroquia, contestando a medias palabras los requiebros y hasta desdeñando invitaciones, con grave disgusto del amo del café.

Al sonar las doce iba y venía inquieta, dirigiendo al reloj nerviosas ojeadas, sacudiendo con el pie las maderas del piso, restregándose fuertemente las manos sin temor al daño que le causaban las sortijas.

Al entrar el hampón, que siempre venía a medios pelos, un gran suspiro dilataba el pecho de la Cañas, palidecía unas miajas su cutis bajo el colorete, sus ojos relampaguean; con la boca hecha sonrisa, llegaba a la mesa del aguardado parroquiano, y lleno el acento de temblor le preguntaba: «¿Qué va a ser?»

Poco importaban a la Cañas desde aquel momento La Buena Sombra y la parroquia y el propio amo.

Sentada junto a Jorge, sirviéndole una y otra y otra botella, dejaba transcurrir las horas; ¡ya vendría la de irse con él, la de tenerle en su cuartito, la de apurar solo, al lado de ella, el vaso de Cazalla con que el minero ponía prólogo al deleite!

¿Que la murmuraban? ¿Y qué? Ella hacía su gusto. El que no estuviese conforme que buscase otra camarera y otra mesa; demás las había. ¿Que ya no eran tan abundantes los regalos y los convites? Paciencia. Sarna a gusto no pica. ¿Que Román se hacía el desdeñoso desde la noche que se negara a servirle y aun la amenazaba a la encubierta, anunciando un desquito próximo? Allá él con sus acciones. No era Jorge de los que hincan ante el matón. Tampoco ella era de las cobardes. Si el Román llegaba a las malas, ya vería quien envidaba el resto.

Y la Cañas pensaba en el hampón cada vez con más cariño.

Vivir juntos, ser el uno del otro sin reservas y sin egoísmos, era en los días aquellos toda su ambición. En la camarera-cupletista, mujer pronta a servir a todos si la paga corría tan abundante como el deseo, aquello era una sensación nueva; algo que nacía imponiéndose, venciéndola, sin que fuese arbitrio de su voluntad evitarlo: deseos de regeneración, anhelos de una vida nueva que ni de referencia conociera.

¿Lograría sus intentos? No era fácil tarea la de hallar una cabal respuesta. ¿Qué sabía ella de afectos? Entregada desde rapaza a quien diera buen precio por su carne, la era, más que difícil, imposible medir el alcance con llaneza o dificultad de su propósito.

CAPÍTULO VIII

El hampón casi nunca entraba solo en La Buena Sombra. Como desde el anochecer emprendía su ronda tabernaria y su derrame de pesetas, lo daban pronto escolta tres o cuatro gorrones al husmo de los cigarros y las copas. Cuando, ya tarde, llegaban al café, hacían lo borrachos; siquiera sea de advertir que el hampón, bebiendo más que todos, no daba a notar su embriaguez ni en la vacilación del cuerpo ni en los desconciertos del juicio.

Una noche, y por excepción, entró solo y tambaleándose.

Era muy tarde ya; el café casi estaba desierto, las camareras arreglaban sus cuentas con el amo, junto al mostrador. La Cañas no había ido aún a arreglar las suyas. Sentada en el diván, frente a una mesa de su turno, tenía puestos en el reloj los ojos endrinos; sobre el cristal de aquellos ojos se cuajaban dos lágrimas.

Al sonar la puerta, las miradas de Irene se encaminaron a ella. Por ella entró el hampón, y las lágrimas de la Cañas, entre los párpados sujetas, rodaron a lo largo de los carrillos para morir en los pliegues de una sonrisa. Se abrió esta sonrisa sobre los dientes piñoneros y hecha frunce de beso fue en busca del hampón.

No entró tal que otras veces, bromeando con sus amigos, sonando su plata en los bolsillos, pidiendo a voces, apenas sentado, «una» de Jerez o Montilla.

Sombrío entró, con el entrecejo fruncido, los labios contraídos hacia los extremos de la boca; el paso vacilante y las manos cerradas en puño sobre los pliegues de la faja.

Se dejó caer contra el asiento, y al preguntarle la Cañas: «¿Qué va a ser?» -respondió con voz sorda:

-Aguardiente.

-¿Aguardiente?... No bebas aguardiente.

-Tú tráelo y no te metas en consejos.

-Pero, escúchame, Jorge -murmuró Irene, luego de sentarse junto al hampón, que puesto de codos en la mesa, apoyada en los puños la barba, contemplaba fijamente los reflejos producidos por la eléctrica luz en los cristales de la copa-; escúchame y no pongas esa cara de entierro. ¿Por qué bebes y bebes? ¿Por qué llevas esa vida tan mala?

-¿Por qué?... Porque la llevo. Cuando la llevo será de mi gusto -repuso el hampón, vaciando y volviendo a llenar su copa.

-¿De tu gusto? ¡No comprendes que siguiendo así vas a matarte!

-¡Matarme!... Hay mucha vía por delante en este cuerpo, hermosa.

-¿No te sería mejor proceder de otro modo? -interrumpió la camarera, deteniendo con su mano ensortijada la botella que empuñaba el hampón para llenar por tercera vez su copa-. A que viene trabajar días y días talmente que una bestia en ese pozo condenao? ¿A qué hacer vivienda de una galería abandonada? ¿A qué tirar en una noche el dinero de la quincena atiborrándote de alcohol y llenando la andorga al hato de chupones y chuponas que están siempre contigo?

-A eso; a que pa mí esa vía es la vía mejor de toas.

-¡La mejor! ¡la mejor!... No mientas. Mira, Jorge: sin cariño no hay quien viva bien en este recocío mundo; por mí propia lo sé -añadió enjugando el llanto que nuevamente brotaba de sus ojos-. Eres joven, sabes trabajar; en tu casa el pan no faltaría nunca. A la vera de una mujer, de una que te quisiera bien, que fuese algo más pa tu presona que el remate del vino, podrías pasártelo en paz, como los otros...

-¡Los otros!... ¡Los otros!... ¡Una mujer que que quisiera!... Acaso tú, ¿verdá?

-Quita esas manos y déjame llenar la copa y escucha una historia; es la de un amigo, sabes tú, un amigo que era como mi hermano, otro yo, ¿comprendes? A su salú. Bebe tú tamién. El probe fue mu infeliz y bien merece que le dediquemos un trago.

El minero hundió entre sus manos el rostro; veíanse por entre los dedos relucir los ojos verde mar; el remate de aquellos dedos hundido en la cabellera profusa agitaba sus ondas. Irene, acodada también en la mesa, también temblorosa de manos, aguardaba la historia.

-Fue allá -dijo el hampón-, allá... ¿Qué importa ande fue? En una ciudá más grande o más pequeña que ésta, no recuerdo ahora. Lo cierto es que había hombres y mujeres en la ciudá; llena, llena la copa, que el cuento es de los que atragantan.

En esa ciudá de mujeres y de hombres -siguió el hampón, apurando el aguardiente a sorbos- había un hombre muy bueno, más bueno que el filón de la plata. ¡Ya ves tú si sería bueno! Aquel hombre se tropezó en la calle con una mujer, una jornalera como él; se enamoraron y se fueron a vivir juntos a una casa honrá, de esas donde, como antes decías tú, se vive tan ricamente y tan en paz.

-¡Jorge!

-Aguarda. Mi amigo, porque era mi amigo el de la historia, ganaba un jornal de primera; de suerte que no quiso que trabajara su mujer. La dejaba sola en casita, cuidando de su hijo, porque tuvieron un hijo como un sol, aviando los trastos, arreglando la cena, lo de la casa, vaya; pero ningún trabajo más. El hombre, sí, el hombre trabajaba como un negro, a destajo, y era duro el trajín en aquella fragua; sólo que al herrero se lo daba esto poco. Él sólo quería una cosa: ganar mucho pa que su hijo y la madre de su hijo vivieran talmente que unos príncipes. Lléname, tú, la copa; el aguardiente me pone muy temblón el pulso y sería lástima derramar una cosa tan buena.

-Pues sí, el herrero trabajaba sin asustarse de fatigas, y el jornal entero iba a los suyos; ni jugaba un céntimo, ni bebía una copa, ni era capaz de poner ojos en otra mujer que la suya. Una tarde...

-¿Qué? -preguntó la Cañas.

-Una tarde -balbuceó roncamente el minero, cerrando los párpados y hundiendo en su cabellera las uñas-, una tarde, porque ello fue preciso o porque así estaba en la suerte, ¡vaya usted a averiguar!, dejó el herrero su taller y llegó a su casa, de la que tenía una llave; la había forjado él mesmamente pa que su mujer no se tomara la molestia de abrirle. Lo vio desde el pasillo. El muñeco estaba encima del sofá, tirao como un guiñapo; dentro, en la alcoba, acariciándose, su mujer y otro hombre, ¡otro!... Claro que fue de segundos la cosa: dos gritos, dos cuerpos medio desnudos rodando muertos por la estera, y el mataor en pie, mirando con los ojos fijos, muy fijos, la hoja del cuchillo, que goteaba sangre. El mamón dormía, sonriendo a un rayito de sol que jugueteaba en su boca.

-¡Pobre Jorge!

-Pobre amigo de Jorge, querrás decir, Cañas. Fue a presidio el hombre. No estaba casao, ¿sabes?, por eso fue a presidio. Por muchos años fue.

-¿Y el niño?

-Pues murió. Muerta la madre, el padre preso... ¡En los hospicios mueren a puñaos los muchachos!

El hampón ocultó su cara entre los puños. Bajo su cara descansaba la copa. Poco a poco fue tomando matices de ópalo el aguardiente.

-Jorge, levanta esa cabeza; anda vamos; vámonos juntos.

-¡Juntos! Pero, ¿estás llorando, Cañitas? ¡Pobre amigo! ¿Verdad? De su historia aprendí a no tomar sino como las tomo a las mujeres de este mundo.

-Algunas hay buenas.

-¡Tú, quizá!... Anda, anda, llena otra copa, niña.

-No.

-Sí, mujer, sí.

-No; más bebida, no. Vamos.

-¿Dónde?

-A mi casa.

-¿A tu casa?... Esta noche, no. Cuando cuento la historia tengo el vino malo. Pué que te diera un disgusto gordo. ¡Solo! ¡Solo! -añadió, apartando a la camarera-. ¡Solo! Esta noche solo a la galería, donde no estorba nadie.

En la galería entró, tambaleándose, sin encender luz, ensudariado por las tinieblas que cayeron en anchos pliegues húmedos sobre la estera, donde sollozaba el hampón.

CAPÍTULO IX

El primer día de feria ganó Román una crecida suma. Llamado al casino para un asunto, del máximo cacique, tomó café con él en la sala de juego; recibió órdenes, y cuando ya, sombrero en mano, se despedía del ricacho e influyente señor, éste hubo de decirle:

-Está prohibido a los no socios apuntar una carta; pero en los ojos te relumbra el deseo de probar fortuna. Si quieres, y por una vez, puedes hacerlo con permiso de estos señores. Yo lo pido en tu nombre. ¿Hay dificultad, caballeros?

Nadie contestó, y fue el silencio muestra precisa de que, si no aplaudían, toleraban aquel capricho del cacique. No era cuestión de ponerse a malas con él por cosa de tan poca importancia.

Román jugaba de prisa el dinero, y si el azar venía en su ayuda, a pocos lances realizaba una buena ganancia. Esto le ocurrió en el casino; cinco o seis cartas acertadas le bastaron para alzarse con unos miles de pesetas.

Era de justicia mojar aquel dinero. El Zurdo, cuando en su partida menguaron «los puntos» y la media noche sonó, dio por seguro que no vendría gente de refresco en gran número, y menos con sumas de cuantía a arriesgar, dejó a cargo de su alter ego la vigilancia del salón, y fuese con varios amigos a «Los Montañeses», colmado famoso donde había a toda hora seguridad de tener excelentes manjares. De vinos no se diga, porque las mejores marcas presidían los estantes de roble o tomaban fuerza y aroma en botas de muy respetable vejez.

Fue abundante la cena, y las libaciones copiosas. A los postres se descorchó el champagne; al cosquilleo de su espuma se desataron intenciones y lenguas, no faltando quien hablase a Román de la Cañas y del desvío que por Román mostraba de algún tiempo a entonces la que antes le servía en esclava y estaba pronta a todos sus deseos, mandatos y caprichos.

-¡Dejarla! -respondió Román-, ¿a qué mentar esa escoria aquí? No es prenda de mérito; si lo fuese hubiera puesto los medios pa que no tendiese las alas hacia otro palomar.

-Hacia el palomar del hampón echó el vuelo y de allí no hay fuerza que la arranque.

-¡No me dieran más trabajo! -exclamó Román-. Vaya -siguió diciendo-, ¿queréis que os lo pruebe? Así como así, aún tengo cuentas a arreglar con ella y con ese haraposo. Precisamente día es hoy de quincena; quizá el hampón vaya por el café. Aquella noche porque la Cañas estaba en su obligación y porque la Cañas no se me importa el canto de una perra chica, no armó la de Dios en el camarote de arriba. Ea, caballeros, ahí va un cigarro y a tomar café aquí -el de La Buena Sombra está colao por borras-; tomaremos con el café una copa de «Tres Estrellas»; luego a las camareras, y que verán cómo esta noche torna la moza a su redil sin necesidad de echarle los perros.

Rebosaba en gente el café. Las mesas del turno de la Cañas no ofrecían lugar vacío; en una de ellas, y platicando con Irene, estaban el hampón y tres o cuatro cortadores. Preciso les fue a Román y sus acompañantes tomar asiento en un velador próximo a la mesa de los mineros.

-Ni siquiera te ha hecho así con la mano -dijo a Román uno de sus amigos.

-Ya hará, ya hará -respondió el jugador-. ¡Amo!

-¿Qué se ofrece? -preguntó desde el mostrador el amo del café.

-¿Está el camarote disponible?

-Pa usté siempre, Román.

-Gracias. Pues que nos suban allá arriba una caja de vino y que desenfunde la sonanta el Manitas. ¡Ah! Quiero que nos sirva la Cañas.

-Como lo mande usted.

-¿Has oído, prenda? -dijo Román encarándose con Irene-. Y esta noche no pués negarte, ni pué nadie impedirlo, porque esta noche, como aquella de marras, has de cumplir tu obligación.

-Anda -murmuró el hampón por lo bajo-. Otra noche será conmigo; esta noche con él.

-Ni esta ni ninguna. Viene con mala entraña y no se lo cuajará el gusto.

-¿Has oído? -volvió a decir Román.

-Sí, señor. Pero el caso es que no voy a ser yo quien le sirva.

-Obligación tuya es.

-Mientras llevo el delantal puesto -contestó fieramente la Cañas-, sólo que mira, Román, ya está quitao, y no soy más que una parroquiana, y los parroquianos no sirven al público. Alternan con quien los parece, y en paz.

-Eso sí que no te lo aguanto -exclamó Román sordamente-. Eso, mala persona, es hacerme de menos en presencia del público, y tal acción, ni a ti ni a nadie.

Alzándose de la silla, el Zurdo enderezó hacia donde estaba la Cañas.

-Mire lo que hace -habló el hampón, medio incorporándose en el diván-; antes, bien; la mujer era una camarera; ahora es una mujer y tié más gusto de estar con nosotros que de ir con usté allá arriba, y sa menester respetarla en su gusto.

-¡Respetarla! Ni a ella ni a ti.

Y Román, cogiendo a la Cañas por un brazo, la sacó bruscamente del diván y la hizo ir rodando a cuatro pasos de distancia.

No tuvo tiempo para más; de un salto el hampón cayó sobre el Zurdo, lo sujetó por las solapas de la americana, lo agarró con la mano libre por la pretina del campanudo pantalón, y alzándolo en el aire lo dejó caer con golpe sordo contra el piso.

El caído trató de incorporarse, esgrimiendo un cuchillo; la faca relumbró en la diestra de Jorge, pero la gente se interpuso y los amigos de Román sacaron a empujones al aporreado del café, mientras los cortadores llevaban al hampón hacia el cuarto de arriba.

-Nos veremos -barboteó con rabia Román.

-Cuando quieras. Ya sabes donde vivo -respondió con feroz sonrisa el minero-. Y que yendo a mi casa en mi busca no hay cuidiao, como aquí, de que puea estorbar la gente.

Capítulo X

-Un capricho es -decía dos horas después al hampón la Cañas en «el camarote», donde habían quedado solos.

-¿Un capricho? ¿Cuál?

-¿Dices que esta noche tampoco quieres ir a casa?

-Son ya muchas noches, y no soy yo hombre pa entrar muchas noches en alcobas ande otros hombres puen dormir también.

-Conformes; no entres más en mi alcoba; pero déjame ir a la tuya. Permíteme dormir una noche en la galería abandoná, encima del cacho de estera ande, según dices, duermes tan ricamente.

-Sí que eres rara, criatura.

-No es que soy rara; es que te vas, Jorge, y es que no pueo estar, sin ti. Déjame ir siquiera por esta noche, déjame.

-¡Vaya! No te aflijas, vendrás, ya que tan gran empeño tiés. Sólo por esta noche, ¿estamos? No te arregostes, porque sería inútil.

-Sólo por esta noche.

Rodeándole con un brazo el cuerpo, caída la cabeza sobre el hombro de Jorge, va Irene; sus ojos miran al cielo.

Ninguno habla. Ella camina como en éxtasis; él, contemplando el contorno desigual de lamina.

A una gran llamarada que brota de la chimenea central, creo entrever la Cañas sombras moviéndose tras una tapia.

-Serán árboles -exclama en voz alta.

-¿Qué? -pregunta Jorge.

Dos fogonazos iluminan la obscuridad, y el hampón, llevándose la mano al pecho, vacila, y exclama con acento de ira:

-¡El asesino! ¡Me ha matao!

Hace un esfuerzo para sostenerse en pie, y cae.

-¡No grites!... ¡No llames! -murmura oprimiendo con sus manos las de la joven-. Cuando no hay remedio, está tó demás.

-¡Jorge!...

-Miá tú, quizás que hayan hecho un favor matándome. Te iba tomando ley y... Ya di, muerte a una mujer que me engañó. Fuera desdicha que, andando los tiempos, también te hubiera tenío que matar.

-¡Jorge!...

-No te muevas. Mete la mano aquí, cerca de esta hería que mana sangre. ¿Tientas? Es el medallón. Tráelo. Ábrelo apretando el resorte. Yo no pueo moverme. Es un niño, el retrato de un niño... Aquel niño, ¿sabes?... Pónmelo delante de los ojos.

Fijas quedaron las grandes pupilas verde mar en la cabecita infantil que recortaba el medallón. Poco a poco cuajaron sobre las pupilas dos lágrimas.

Fueron las últimas lágrimas de una vida; temblando quedaron en los párpados.

La Cañas, cerrando con sus labios los ojos del hampón, bebió aquellas dos lágrimas.